Les saisons de nous

Harmonie J.

Chapitre 1 : Les murs porteurs

Eliott n'a jamais aimé les débuts. Ils sont fragiles, précaires. Mais quand Mila lit son texte, sa voix tremblante et forte à la fois, quelque chose craque doucement en lui.

Chapitre 2 : Les failles

Mila est fascinée par le calme d'Eliott. Il ne parle pas beaucoup, mais quand il parle, elle se sent en sécurité. Il ne la brusque pas. Il ne s'impose pas. Il reste. Et pour elle, c'est déjà trop beau pour être vrai.

Chapitre 3 : L'automne des peurs

Le passé revient comme un vent froid. Une dispute, une absence de message, et les vieux fantômes resurgissent. Mila panique, se referme. Eliott doute, se prépare inconsciemment à être quitté. Mais il choisit de rester, et d'en parler.

Chapitre 4 : Reconstruire

Ils décident de faire une thérapie de couple préventive, avant que les blessures anciennes ne ruinent ce qu'ils construisent. Ensemble, ils mettent des mots sur leurs peurs : la peur de ne pas être assez, la peur d'être trop, la peur d'être abandonné.

Chapitre 5 : Le printemps

Petit à petit, Mila réapprend à faire confiance. Eliott cesse de vouloir tout contrôler. Ils rient. Ils pleurent. Ils se tiennent la main dans le noir. Et un jour, sans prévenir, Mila se réveille en paix. Pas totalement guérie. Mais libre.

Chapitre 6 : Les racines

Un projet commun : une maison à rénover. Chacun y met ses idées, ses espoirs. C'est bancal, imparfait, mais profondément vrai. Comme eux.

Chapitre 7 : Le pacte

Ils ne promettent pas que ce sera facile. Ils promettent d'essayer. De se dire quand ça va mal. De rester, même quand ça pique. Ce n'est pas un conte de fées. C'est mieux : c'est réel.

Chapitre 1 – Les murs porteurs

Le panneau en bois indiquait « Atelier d'écriture thérapeutique – Salle 3 ». Eliott hésita un instant sur le seuil. Il n'avait rien d'un écrivain, ni même d'un grand bavard. Architecte de métier, il était plus à l'aise avec les lignes droites, les plans structurés, les constructions tangibles. Il était venu ici presque par hasard, poussé par une collègue qui lui avait glissé : « Tu devrais essayer. Parfois, poser les mots aide à poser les émotions. »

La salle était simple. Quelques chaises disposées en cercle, des feuilles, des crayons, une bouilloire dans un coin. Mais ce qui attira immédiatement son regard, ce fut elle. Assise à l'écart, presque dissimulée derrière une étagère, une femme tenait un carnet contre elle comme un bouclier. Elle ne levait pas les yeux. Ses cheveux bruns tombaient en cascade sur ses épaules, et sa silhouette semblait chercher à se fondre dans le décor. Ce n'était pas sa beauté discrète qui frappa Eliott, mais l'expression de ses yeux. Un mélange de fatigue ancienne et de lucidité vive. Une tristesse belle et effrayante.

Il prit place, à quelques chaises d'elle. Le silence de la salle fut bientôt rompu par la voix douce de l'animatrice :

« Le thème d'aujourd'hui est : Une maison qui vous ressemble. Laissez venir les images, les souvenirs, les sensations. N'écrivez pas pour bien faire. Écrivez pour dire. »

Eliott soupira intérieurement. Une maison ? Il en dessinait tous les jours. Pourtant, cette demande le déstabilisa. Il prit son stylo, hésita, puis traça des mots nets, sincères. Il parla de fondations solides, de murs épais contre les tempêtes, d'un toit stable, d'une lumière douce filtrant par des fenêtres orientées plein sud. Il décrivit une cheminée au centre, foyer invisible mais vital. Une maison pensée pour durer, pour contenir les émotions sans s'effondrer.

Quand ce fut son tour de lire, sa voix était posée, calme, presque clinique. Mais dans l'écoute attentive des autres, il perçut une forme de reconnaissance. Puis, ce fut au tour de Mila.

Elle se redressa à peine, ses doigts tremblaient légèrement autour du carnet. Sa voix, au début, était presque inaudible. Mais les mots, eux, étaient puissants. Elle parla d'une maison sans murs, exposée aux quatre vents. Une structure fragile, brinquebalante, dont les volets claquaient sans arrêt, comme des souvenirs qui refusaient de se taire. Une maison que l'on traverse sans y rester. Où personne ne s'installe. Elle parla d'un toit percé, d'un sol qui se dérobe, d'un lieu où la lumière ne reste jamais longtemps.

Un silence s'installa après sa lecture. Un silence dense, respectueux. Eliott la regarda. Et dans ses mots, il comprit un pan d'elle qu'elle n'avait pas expliqué. Il comprit qu'elle avait vécu sans abri intérieur. Et quelque chose, en lui, se fissura.

À la fin de l'atelier, alors que les participants commençaient à ranger leurs affaires, il fit un pas vers elle. Il ne savait pas trop pourquoi. Il dit simplement :
« C'était... fort, ce que tu as écrit. »
Elle releva les yeux, surprise. Il vit qu'elle ne s'attendait pas à ce qu'on vienne vers elle.
« Merci. Toi aussi. Ta maison, elle a l'air... rassurante. »

Un sourire timide, presque douloureux, naquit sur son visage.

Ils restèrent là quelques instants. Pas vraiment une conversation, mais un début. Quelque chose d'invisible, fragile, venait de s'ancrer. Une première pierre posée. Peut-être les fondations de quelque chose.

Chapitre 2 – Les failles

Les rencontres devinrent plus fréquentes. Pas imposées. Pas organisées autour de l'atelier. Juste... choisies. Une heure volée entre deux rendez-vous. Un café partagé en silence. Une marche dans un parc, à regarder les arbres sans chercher à comprendre ce qu'ils représentaient.

Ils se retrouvaient souvent dans ce petit café aux murs tapissés de livres, avec ses tables bancales et son comptoir toujours un peu collant. Mila aimait cet endroit.

Il n'avait pas d'attente. On pouvait s'y asseoir sans commander tout de suite. On pouvait y parler doucement, ou ne rien dire du tout.

Eliott s'y sentait bien aussi. Avec elle, il n'avait pas à remplir les vides. Il pouvait être lent. Posé. Il n'avait jamais aimé les jeux de séduction, les éclats trop bruyants. Mila, avec son regard parfois perdu et ses phrases suspendues, lui plaisait comme on aime une maison ancienne : pleine d'aspérités, mais vibrante.

Un jour, elle lui dit : — Tu parles peu de toi.

Il haussa les épaules.

— C'est plus facile d'écouter.

Elle sourit, presque avec tendresse.

— Et moi, je parle trop quand je suis nerveuse.

Il répondit :

— Tu parles juste assez pour que j'aie envie d'en savoir plus.

Ce jour-là, il aurait pu lui dire qu'il avait pensé à elle toute la nuit. Qu'il s'était réveillé avec son prénom dans la gorge. Qu'il avait relu trois fois leur dernier échange de messages. Mais il ne dit rien.

Il se contenta de sourire, encore une fois.

Mila, elle, sentait en elle une agitation nouvelle. Une attente. Elle guettait ses messages sans vouloir se l'avouer. Un mot d'Eliott suffisait à illuminer sa journée. Mais ce besoin la terrifiait.

Elle connaissait ce mécanisme. Elle l'avait déjà vécu. D'abord, l'attirance douce. Puis la dépendance, insidieuse. Et enfin, la chute, brutale. Un ex qui contrôlait ses moindres gestes sous couvert d'amour. Un père souvent absent, revenant sans prévenir, repartant sans explication. Son cœur portait encore les cicatrices de ces allées et venues.

Elle avait juré de ne plus jamais attendre personne.

Mais Eliott, avec sa manière de ne jamais presser, de laisser de l'espace, l'attirait précisément parce qu'il ne s'imposait pas.

Parfois, la nuit, elle se demandait s'il ressentait les mêmes choses. Si, lui aussi, se demandait ce qu'elle faisait quand elle ne répondait pas tout de suite. Mais elle n'osait pas poser la question. Elle préférait deviner.

De son côté, Eliott commençait à s'attacher. Trop, peut-être. Il ne le montrait pas. Il gardait son sourire comme un bouclier. Il riait, ponctuait les silences d'un « ça va aller » presque imperceptible. Mais il dormait mal. Il rêvait d'elle, sans contrôle. Il se réveillait avec ce doute lancinant : Suis-je assez solide pour elle ? Pour quelqu'un d'aussi écorchée, d'aussi méfiante ?

Il la trouvait belle, même dans ses replis. Il voulait l'aider à reconstruire ses murs sans les emprisonner. Mais il connaissait ses propres failles. Lui aussi portait la peur de l'abandon, héritée d'une mère absente, d'un amour adolescent qui l'avait laissé vidé.

Alors ils avançaient, l'un vers l'autre, à pas lents. Comme des funambules sur un fil invisible.

Et dans chaque geste, chaque silence partagé, il y avait un espoir fragile : celui que, peut-être, ils pouvaient apprendre à aimer sans se perdre.

Chapitre 3 – L'automne des peurs

L'automne était tombé d'un coup sur la ville. Les feuilles mortes s'accumulaient sur les trottoirs, formant des tapis dorés que les passants écrasaient sans y prêter attention. Dans l'appartement de Mila, la lumière était tamisée, filtrée par des rideaux couleur ocre. Une bougie brûlait sur la table basse. Une odeur de cannelle flottait dans l'air.

Eliott était venu, comme souvent ces derniers temps. Il s'installait dans le coin du canapé, elle s'allongeait de l'autre côté, les pieds parfois posés sur ses genoux. Il y avait entre eux une tendresse tranquille, un lien encore fragile mais déjà vital.

Mais ce soir-là, tout bascula.

— Tu es différent, murmura Mila, en évitant son regard.
Eliott releva la tête, surpris.
— Différent ?
— Tu réponds moins. Tu sembles ailleurs. T'as l'air... distant.

Il soupira. Pas d'agacement, juste de la fatigue.

— Je suis préoccupé, oui. Il y a un dossier qui bloque au cabinet, ça me prend la tête. Rien à voir avec toi.

Mais c'était trop tard. La faille s'était ouverte.

— Tu aurais pu le dire.
— Mila... je ne t'ignore pas. Je gère juste les choses à ma façon.

Elle détourna le regard, croisa les bras. Elle sentait cette boule familière grossir dans sa poitrine. Le doute. La peur. Ce fichu réflexe qui venait trop vite.

— Je vois, dit-elle froidement. Quand quelque chose va de travers, tu te replies. Tu t'enfermes.

— Ce n'est pas contre toi.

— Mais moi, je le vis comme un rejet.

Le mot était tombé. Lourd. Douloureux.

Eliott resta silencieux quelques secondes. Ce qu'elle disait, il l'entendait. Mais il ne savait pas comment l'atteindre, sans la blesser davantage.

Mila se leva, attrapa son carnet, le serra contre elle.

— Je préfère qu'on arrête là ce soir.

Et il comprit. Pas seulement ce qu'elle disait. Mais ce qu'elle revivait. Ce mécanisme qu'elle ne maîtrisait pas. Il ne partait pas. Mais elle, elle fuyait déjà. Elle anticipait la chute.

Elle ne répondit pas à ses messages les jours suivants. Ni aux appels. Silence.

Eliott relut leurs anciens échanges, revint sur les photos, les notes partagées. Il sentit cette angoisse qu'il connaissait bien : celle d'être impuissant face à la douleur de l'autre. Il voulait lui écrire :

Je suis là. Je ne pars pas. Ce n'est pas toi que je fuis, c'est moi que je cherche à retrouver quand je me tais.

Mais il doutait. Et si elle avait raison ? Et s'il n'était pas taillé pour ça ? Pour ces blessures qu'il ne savait pas toujours comprendre ?

Puis, un matin, il se leva avec une certitude. Il avait le choix : se refermer, comme toujours, ou avancer. Faire ce pas vers elle, malgré la peur.

Il prit sa veste, traversa la ville. Arriva devant l'immeuble. Il hésita une seconde. Puis il sonna.

Mila ouvrit, en peignoir, les traits tirés. Son regard s'embuait déjà.

— Je croyais que tu ne reviendrais pas, souffla-t-elle.

Il s'approcha, sans entrer.
— J'ai failli ne pas venir. Mais j'ai compris que si je laissais le silence gagner, on perdrait tous les deux.

Elle baissa les yeux.
— J'ai paniqué. Je croyais que tu allais me laisser tomber.

— Et moi, je me suis demandé si j'étais capable de rester.

Il posa une main sur sa joue. Elle frissonna.

— Mais je ne veux plus fuir, Mila. Pas avec toi.

Dans l'entrée, les feuilles mortes s'étaient collées sur ses chaussures. L'automne avait emporté leurs certitudes, mais peut-être, au creux de la saison des doutes, quelque chose de plus vrai pouvait naître.

Chapitre 4 – Reconstruire

Le mot « thérapie » flotta entre eux comme une invitation risquée, un pont entre deux rives que tout menaçait de rompre.

C'était Eliott qui l'avait prononcé, un soir, après une conversation tendue mais honnête. Il ne l'avait pas dit à la légère. Pas comme une solution miracle. Mais comme un engagement. Un pas de plus. Il avait dit :

— Je crois qu'on a besoin d'aide. Pas parce qu'on va mal. Mais parce qu'on veut aller mieux... ensemble.

Mila l'avait regardé, d'abord interdite, presque méfiante. Elle n'avait jamais connu ça. Quelqu'un qui choisit de rester quand c'est difficile. Quelqu'un qui voit ses failles, et qui ne prend pas la fuite.

Puis elle avait hoché la tête. Lentement. Émue.

Ils commencèrent les séances la semaine suivante.

La pièce était chaleureuse, les coussins doux, la lumière tamisée. Mais malgré l'ambiance rassurante, il leur fallut du courage pour parler. Pour se dénuder autrement que par le corps. Pour oser dire l'indicible.

Mila parla la première. Elle raconta une enfance faite de tension et de silence, où l'amour était conditionnel. Où chaque sourire était une récompense à mériter, chaque erreur une preuve de sa supposée insuffisance. Elle raconta sa mère, les cris, les jugements acides, les portes qui claquent, et ce regard qui la traversait comme si elle était de trop.

Elle parla aussi des hommes qui étaient venus après. Ceux qui l'avaient rabaissée, charmée pour mieux contrôler. Qui avaient joué avec ses fragilités, comme on presse un fruit pour en faire sortir la pulpe.

Elle pleura. Beaucoup. Et pour la première fois, Eliott ne détourna pas les yeux. Il resta. Il prit sa main, parfois. Il hocha la tête. Il comprit.

Puis ce fut à lui. Il parla des soirs d'attente, gamin immobile devant la fenêtre, à espérer que sa mère rentrerait avant minuit. Il parla de son père, peu présent, toujours occupé à construire pour les autres mais jamais pour lui. Il parla de sa colère rentrée, de cette habitude de tout intérioriser. De sa peur d'être un poids. Dérangeant. D'être « trop » s'il montrait ce qu'il ressentait.

Et soudain, les pièces du puzzle commencèrent à se relier.

Elle fuyait avant d'être abandonnée.
Lui se taisait pour ne pas créer de vagues.
Elle voyait dans son silence une menace.

Il interprétait ses retraits comme un rejet.

Ils comprirent que leurs blessures dansaient ensemble, maladroitement, dangereusement.
Mais comprendre, ce n'était pas suffisant. Il fallait réapprendre à parler. À écouter. À rassurer sans se trahir.

Alors ils posèrent les fondations d'un nouveau langage.

« Quand tu ne me parles pas, je crois que tu m'oublies. »

« Quand tu cries, j'ai l'impression de redevenir ce petit garçon invisible. »
« Quand je pars, c'est souvent parce que j'ai peur de m'écrouler. »
« Quand je souris tout le temps, c'est que j'ai peur que tu voies mes fissures. »

Ils commencèrent à se dire. À se choisir. Non plus pour combler un vide, mais pour bâtir quelque chose. Lentement. Consciencieusement. Comme Eliott le ferait avec une maison. Comme Mila le ferait avec un poème.

Chaque séance était une traversée. Une épreuve. Mais aussi une victoire.

Ils riaient parfois, au milieu des larmes. De cette étrange proximité née de l'honnêteté brute. Ils s'étonnaient d'avoir attendu si longtemps pour être vus ainsi, entièrement.

Et dans cette traversée, ils découvrirent une vérité essentielle : on ne guérit pas l'autre, mais on peut lui offrir un espace où il n'a plus besoin de se cacher.

Chapitre 5 – Le printemps

Le printemps s'invita en eux bien avant d'éclore dans les arbres.

C'était Eliott qui avait proposé ce week-end. Une cabane au bord d'un lac, dans une région boisée qu'il aimait enfant. Il l'avait trouvée par hasard, en cherchant un lieu sans trop de réseau, sans trop de bruit. Un lieu où l'on pourrait simplement être.

Mila hésita d'abord. Partir, s'éloigner, dormir à deux dans un lieu inconnu... ça réactivait des peurs anciennes. Mais elle avait dit oui. Parce que cette fois, c'était différent. Parce qu'avec lui, elle n'avait pas besoin de feindre.

Ils arrivèrent en fin d'après-midi. La lumière dorée glissait entre les troncs, et la cabane, petite mais chaleureuse, semblait les attendre. Bois brut, plaids moelleux, un poêle ancien dans un coin, et dehors, le lac immobile comme un miroir.

Pas de programme. Pas d'attentes. Juste un espace pour respirer.

La première soirée fut silencieuse, mais paisible. Ils cuisinèrent ensemble un plat simple, Mila dansant parfois en remuant la sauce, Eliott coupant les légumes avec application. Ils dînèrent en chaussettes, en riant doucement, en s'observant avec une curiosité tranquille.

Plus tard, ils s'installèrent près du poêle. Il mit de la musique douce, elle s'endormit sur son épaule.

Le lendemain, ils se promenèrent autour du lac. Main dans la main. Sans parler tout le temps, mais sans malaise. Le silence entre eux n'avait plus rien d'un gouffre. Il était habité. Il disait : je suis là, avec toi.

Ils firent l'amour dans la lumière du matin, entre les draps froissés et les odeurs de bois. C'était doux. Lent. Débarrassé de toute peur de mal faire, de mal être. Mila ne pensa pas à son corps. Elle ne pensa pas à plaire. Elle était là, dans ses bras, et c'était assez. Elle n'avait jamais fait l'amour ainsi.

Eliott, lui, la regarda s'endormir ensuite, une mèche tombée sur son front. Il se sentit apaisé, entier. Pour la première fois depuis longtemps, il n'avait pas besoin d'être l'homme fort, le pilier. Il pouvait être vulnérable. Et aimé, quand même.

Le week-end passa comme un rêve simple, lumineux. Ils ne parlèrent pas d'avenir. Pas de projets. Juste d'eux, ici, maintenant.

Quand ils reprirent la route du retour, Mila tourna la tête vers la vitre et murmura :

— Je crois que j'ai été heureuse.

Ce n'était pas un aveu banal. C'était un miracle.

Et Eliott, sans répondre, serra doucement sa main. Ce printemps-là, il ne venait pas seulement du dehors. Il naissait en eux. Une saison nouvelle, fragile, mais réelle.

Chapitre 6 – Les racines

Ils n'avaient pas prévu cela. Ce n'était pas au programme. Ni Mila, avec sa peur de l'attachement, ni Eliott, avec sa prudence chronique, ne s'étaient levés un matin en se disant qu'ils chercheraient une maison.

Et pourtant. Un dimanche, en fin d'après-midi, ils tombèrent dessus. Une annonce modeste. Une vieille bâtisse un peu de travers, au bout d'un chemin de campagne. Une maison qui n'avait plus été habitée depuis des années, mais dont les volets entrouverts semblaient les regarder passer.

Ils décidèrent de la visiter « pour voir ». Juste pour voir.

L'intérieur était froid, poussiéreux, tout en creux et en bosses. Le sol grinçait, les murs étaient fissurés, mais il y avait là quelque chose. Une chaleur oubliée. Un potentiel. Une histoire à reprendre.

— Elle est cassée, souffla Mila.
— Elle est vivante, répondit Eliott.

Ils achetèrent la maison sans trop comprendre comment. Comme s'ils avaient sauté en parachute sans vérifier l'altitude. C'était insensé. C'était vital.

Ils s'y installèrent les week-ends, d'abord pour nettoyer, puis pour construire. Mila peignait les murs avec application, de la couleur qu'elle n'aurait jamais osé seule. Eliott réparait les poutres, apprenait à poser du carrelage, râlait contre les outils. Ils se disputaient souvent pour des détails absurdes : un interrupteur trop haut, une étagère mal fixée, la couleur d'un mur qu'elle jugeait trop froide, lui trop vive. Mais toujours, ils finissaient par rire.

Un jour, Mila mit en fond un vieux disque de jazz. Ils dansèrent au milieu des cartons, les mains pleines de peinture. Elle rit si fort qu'elle en pleura. Il la regarda, ému. Il se dit : c'est peut-être ça, construire quelque chose de vrai.

Petit à petit, ils accrochèrent des morceaux d'eux-mêmes aux murs. Des photos de leur enfance. Des poèmes griffonnés lors de l'atelier d'écriture. Une vieille tasse ébréchée que Mila avait gardée. Une maquette en bois qu'Eliott avait construite enfant.

Chaque détail racontait une part de leur histoire. Chaque pièce devenait un chapitre. La cuisine parlait de complicité, la chambre de vulnérabilité, le salon de retrouvailles après les disputes.

La maison n'était pas parfaite. Elle ne le serait jamais. Mais elle tenait debout. Comme eux.

Et dans cette imperfection assumée, dans cette bâtisse rafistolée avec soin, ils trouvèrent leurs racines. Non pas un attachement forcé, mais un ancrage doux, libre, choisi. Une base pour demain.

Chapitre 7 – Le pacte

La maison était encore en chantier. Partout, des outils, des bâches, des murs à moitié peints, des fils qui pendaient du plafond. Et pourtant, ce soir-là, elle semblait entière. Vivante. Comme s'il suffisait de leur présence pour qu'elle prenne forme.

Dehors, l'hiver avait posé son silence. La neige tombait lentement, recouvrant les traces du passé comme une promesse de recommencement. À l'intérieur, le feu crépitait dans le vieux poêle que Mila avait insisté pour garder. Il réchauffait l'air, et, quelque part, leurs cicatrices aussi.

Ils s'assirent tous les deux sur un vieux matelas posé à même le sol, une couverture sur les genoux. Les travaux pouvaient attendre. Ce soir, ils n'avaient besoin de rien d'autre que de ce feu, de cette lumière douce, et de leur souffle mêlé.

Mila posa sa tête sur l'épaule d'Eliott. Elle ferma les yeux. Pas pour fuir, mais pour sentir. Vraiment. Le battement tranquille de son cœur. L'odeur du bois.

La texture de cette paix qu'elle n'avait jamais vraiment connue.

Eliott, de sa main libre, caressa doucement la sienne. Longtemps. Comme pour lui dire qu'il était là, sans avoir besoin de mots.

Puis, dans un élan presque sacré, il se leva, attrapa un vieux carnet de l'atelier d'écriture, et arracha une page.

— On ne peut pas tout promettre, dit-il. Ni l'éternité, ni la perfection. Mais on peut faire un pacte.

Mila le regarda, intriguée. Il s'assit à nouveau, prit un stylo, et écrivit, lentement :

Je ne te promets pas de ne jamais douter. Je te promets de te le dire quand je doute. De ne pas me taire. De ne pas fuir en silence.

Elle prit le stylo à son tour. Les mots vinrent, hésitants, puis sûrs :

Et moi, je ne te promets pas de ne jamais avoir peur. Mais je te promets de ne pas m'enfuir. De rester. Même tremblante. Même incertaine.

Ils se regardèrent. Longtemps. Puis ils signèrent. Leurs deux prénoms, côte à côte. Comme une promesse d'effort. De présence. De courage.

Ils se levèrent ensemble. Sans un mot, ils cherchèrent un petit interstice dans le mur encore brut de leur future chambre. Là, entre deux briques, ils glissèrent la feuille. Une simple page froissée. Un cœur caché dans la pierre.

— Que personne ne le voie, murmura Mila.

— Mais qu'on le sente, répondit Eliott.

Parce qu'ils le savaient désormais : l'amour n'est pas un miracle. Ce n'est pas une évidence. Ce n'est pas un conte figé dans le marbre.

C'est une construction. Un choix. Un engagement de chaque jour.

Et eux, contre vents, blessures et souvenirs, avaient décidé de bâtir.